旅形

——馬偕與淡水古蹟導覽文集

錢鴻鈞 總策畫

劉沛慈 主 編

《旅形——馬偕與淡水古蹟導覽文集》序

錢鴻鈞

首先感謝學校的支持，不過這個計畫原來是故田啟文老師要執行的。不料田老師因公殉職，突然往生。我在悲痛之餘，拾起心情，仍決定要繼續執行。

我知道，這對後來的一位執行者劉沛慈老師來說，是一個開學突然丟過去的出版工作，這會讓她完全都沒有頭緒。因為當初不是沛慈老師要出版的計劃，是我開學時第二週才臨時交辦的。我讓她只有催促和引導同學們去完成作業，之後再來挑選好的作品選入進行出版，其他的真讓沛慈老師不知道我要做什麼？她會擔心有沒有符合我的要求和期待等等。

只是我相信，沛慈老師會盡力，花好多時間在上面，她會比我更期待有個像樣的東西出現。她就是一個無愧於系上的老師，規規矩矩、負責、懂得行政倫理的好老師。這又讓我想起田老師在生前說沛慈老師是俠女的意思，除了正直、公正、嫉惡如仇之外，愛護學生就更不必講。現在就是伸手支援這個工作，那是為了我，為了田老師，也更是為了學生有一個發表園地啊。

真的，我真不能讓沛慈會覺得，以後還會有這般天外飛來一筆的計劃要她去執行，相信她會很恐慌，壓力很大。或者我想，其實我的散文課應該就可以執行的，可事實不然，這樣子的細密的工作，要學生配合的、有默契的，有條理的去執行，還是只有沛慈老師能辦到。

我不禁苦笑想著，我只有感謝出版方面的協助，一樣與詩集的出版（劉老師另外一個苦心編輯的學生作品集），也就是萬卷樓的晏瑞老師之外，其他更重要的就是靠沛慈老師了。說了她不會相信，因為我真的這麼想，只有沛慈有辦法執行，收尾這個計畫啊。說了沛慈自己都不知道自己的俠義為學生著想，她永遠是親力親為。那麼久以來，不也只有她做出學生作品集的成果嗎？

所以沛慈說：「主任別客套了，我努力完成就是自己多了一個成果，謝謝您給我更多的機會，您也真的很忙碌的，只是我自己時間規劃要安排的更好而已」，我繼續的信任沛慈，會交出我要的成果。果然，結果就是如此，我也才會有此榮幸寫這個序文，不是嗎？沛慈加油！她又完工了，可以去忙別的去了！

只是晏瑞老師說，可能詩集和旅遊文學都無法如期期末考週就印好，因為疫情，年底工作太多，編輯部要崩潰了！所以要我們見諒。……哪裡哪裡，對晏瑞老師，我只有無盡的感謝而已，在許多方面都給我們這麼多幫忙呢。

另外，我還要再次感謝沛慈老師這一切，我就權充以此隨筆為序吧。為紀念田啟文老師，也為感謝沛慈出手相助。希望學生瞭解這本旅遊集，該感謝的是誰。然後好好繼續的創作下去。愛台灣、愛馬偕、愛淡水。介紹別人旅遊，自己更要進一步的去認識馬偕，走遍淡水。也走遍台灣，繼續的走，也繼續的寫寫寫下去。

目錄

CONTENTS

曾經的滬尾，徒步看見淡水的美

李昱昕

淡水舊名為滬尾。是個擁有許多歷史悠久的古蹟與遺跡的地方，跟我的家鄉金門很像，所以我常笑稱淡水是我的第二個家鄉。

會有此次旅程，一切都要從選修旅遊文學這門課開始說起，老師在開學第一堂課直接跟我們說明，期末要創作一篇屬於你自己的旅遊文學。我一開始心想，對於一個文筆普通的我來說，在這短暫的時間內寫出一篇自己的旅遊文學，確實有些困難。但老師卻不斷的安撫我們說不需要給自己太多壓力，只要你實際去旅遊後，寫下屬於你自己當下感受的旅遊文學。所以就促成了這次的淡水之旅。

講到在淡水旅行，說來慚愧，對於在淡水就讀觀光系四年的我來說，淡水其實還有很多地方我都還沒去過，也要感謝老師出了這個作業，讓我能夠有動機與理由實際去探索與旅遊，記錄當下旅遊的想法與感觸。

經由我在網路上搜尋了一下淡水知名景點後，最終我選擇的行程是從多田榮吉故居出發沿路經過紅毛城、一滴水紀念館，最後走到海關碼頭結束此趟旅程。於是我決定利用二零二一年十一月二日，難熬的專題課的放學午後，去實現這段旅程。

二零二一年十一月二日　天氣晴

今天是個好天氣，是個適合出門踏青走走的日子。但我今天是臨時起意去旅行，因為專題使人煎熬，我需要轉移注意力去消化這難受的情緒與壓力，所以就展開了今天的淡水之旅。因為第一站多田榮吉故居離學校宿舍很近，我就沿著淡江中學後門旁的小巷子，從後門漫步移動到前門的多田榮吉故居，原以為多田榮吉故居很好找的我，竟然在真理街的巷子裡迷了路，找不到多田榮吉故居確切的位置，最後是一位熱心的解說員阿姨告知了我，發現我走錯巷子了，我才驚覺自己的錯誤，趕緊跟阿姨道謝，進到了多田榮吉故居參觀。

一進去多田榮吉故居，放眼望去是一棟古老的日式建築，雖然房子小小的、外觀看起來老老的，卻讓人有種溫暖的氛圍，彷彿置身在日本的感覺。如果網路上沒有介紹這個景點，真的很難讓人發現，原來馬偕街有個隱藏在巷弄內的日式建築，實際看還比照片上更加漂亮。於是我決定了把這納入我的畢業照拍攝地點，坐在故居裡，可以直接眺望淡水河與對岸八里繁榮的景象，讓我暫時忘卻煩惱的事物。

結束多田榮吉的參觀後，我緩慢地走向紅毛城，走進紅毛城，像是走進歷史故事裡，有許多不同時代的故事與事蹟，更讓我驚訝的是，紅毛城的解說員阿姨恰巧跟我一樣是金門人，異鄉遇同鄉，真是一種奇妙的感覺。阿姨就跟我解說了紅毛城的前世今生，曾經被九個國家統治過，經歷了無數的統治時期，最讓我印象深刻的，是紅毛城的外牆，在以前英國統治時期，由於女王伊莉莎白一世喜歡熱情奔放的紅色，便把原是白牆的紅毛城漆成紅色，導致後來清朝時期，漢人稱紅毛城的原因之一，而另一個原因是漢人看到留著紅色鬍子與髮色的洋人，稱為紅毛。因而取為紅毛城。在跟解說員阿姨告別後，我繼續往一滴水紀念館前進，一個人慢慢走在淡水河畔，太陽直曬我臉龐，像是告訴我曬曬太陽，去除一些煩惱。整理思緒後，再繼續前進。

我緩慢地步行到了一滴水紀念館的山下，在上山前，我先去禮萊廣場的超商買瓶舒跑，接續接下來的行程。一路上山，雖然難爬，但慢慢隨著山坡緩緩而行，也是一種樂趣。累了，就停下來，喝口舒跑。休息夠了，再繼續走。好不容易走到了一滴水紀念館下的紀念公園，遇到許多長輩們來這散心，我不禁好奇，這麼難爬的地方，長輩們怎麼會想來這邊散心，長輩們說：爬坡爬習慣了，這可是我們的秘密基地。對長輩來說，這邊就像是他們的世外桃源，遠離喧囂，來這沉澱與放空自己。真的是很會享受人生啊！清閒悠哉地過生活，便是我嚮往的退休人生。

告別長輩們後，我繼續往一滴水紀念館方向走去，說真的，還真的很難爬啊！腳真的挺酸的，早知道就換一雙好走動的運動鞋，而不是穿一雙不耐走的帆布鞋。就在我抱怨自己的過程中，我也緩緩走到了一滴水紀念館，一滴水紀念館，跟多田榮吉故居很像，但很特別的是，整棟建築全部都是從日本原封不動運到淡水來重建的，一切都源自臺灣九二一大地震和日本阪神大地震的台日情誼，加上整棟建築都沒有使用任何一根釘子，全部都是木頭卡榫固定，超級厲害。柱頂的上面有個日本的草鞋但是草鞋被剪斷了，形狀像是忍者哈特利穿的草鞋，還綁著一塊紅布，導覽員說這是一滴水紀念館的身分證，為何是紅布綁斷掉的草鞋，意味著落地生根不再遷移的意思。對我來說，聽起來有些牽強，但也是蠻有趣的。

參觀完一滴水紀念館之後，已接近太陽下山了！我慢慢下山走到海關碼頭，順便欣賞一下日落，淡水河畔的日落使人心情愉悅，讓我有動力去面對艱難的專題，海關碼頭，是今天最後一個

謝謝不認識的阿姨協助拍攝／攝於多田榮吉故居

景點，裡面有著虛擬互動牆可以互動還可以打卡送小禮物，挺好玩的。

經由今天的徒步淡水之旅，我想旅遊的意義，是換一個地方生活。去體驗當地人的生活。賦予自己與淡水新的共同回憶。很喜歡這次的淡水之旅，雖然走路走到鐵腿，但很值得，回到宿舍後心裡暖暖的，結束美好的午後時光。

於我眼中的八里

李玟諭

老師發佈作業是讓我們選擇在淡水附近的景點遊玩，我們這一組最後選擇去八里，在這一段時間我總共去了四次，我們是分組去的，我印象最深刻的便是第一次十一月十九日，我們穿着整齊靚麗的衣服，回來卻狼狽與不堪。

到八里的第一件事情當然就是吃，我們買了八里最有名的雙胞胎，現在改名為福州倆相好，便宜又好吃，七個才一百元。

在那風和日麗的禮拜五下午，我們決定租借一台四人腳踏車，踩著腳踏車，感覺平日裡緊張的氣氛瞬間過眼雲煙，感受著海風輕撫過臉龐的溫暖，享受著逃離世俗的滋味，看這小孩在沙灘蓋起一座座的堡壘城池，害怕對方偷襲的模樣，著實可

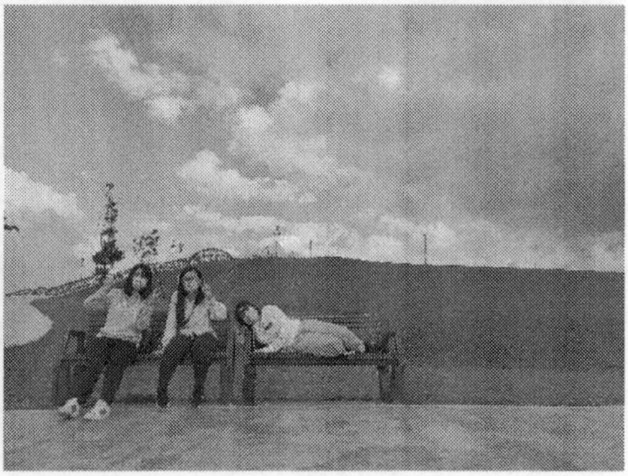

愛。看這浪浪們躺在沙灘上，像一朵朵植物在光合作用，所以我們決定旅程結束前要去沙灘玩。

在八里最多的植物便是水筆仔樹林，裡面是很多潮間帶生物們的家，往裡面探幸許還能看到彈塗魚、招潮蟹的出沒，但也因為人類的肆意迫害和亂扔廢棄物，可能導致對濕地動物的危機。

騎過紅樹林便看到一座人煙稀少的土地公廟，右轉沿著人行道前進，會經過八里垃圾處理中心、八里污水處理廠……，在繼續前行便能看到八里十三行文化公園，我們在這一個地方耗了大概兩個小時，那裡的遊樂設施很多種，如：溜滑梯、鞦韆、沙坑……。沙坑結合了十三行博物館的古物，是教我們了解考古的地方，離開時也紀錄了幾張合照。

繼續踏上前往十三行博物館的道路，我發現八里的人很熱情，當我們揮手打招呼時，他們也會回應，並且鼓勵我們努力加油，在上坡上不去時，還會幫我們推上去。到達十三行後，看到了很多展示品，其中最具代表性的便是「人面陶罐」，金屬器時代距今經過幾千年的時光，竟然還能存在在我們的眼前，雖然經過兩次的修復，依然不妨礙我們欣賞他，我們走到四樓發現景色美如畫般，波動我的心弦。

離開四樓後發現最近有設一個關於面具的一個展覽，有一個面具最讓我印象深刻，因為他好可愛呦~貓頭鷹頭上有個鳥巢，下面在一個動物長長的嘴巴，莫名戳中我的心。

最後離開二樓後，我們到了一樓參加虛擬實境的活動，虛擬實境在博物館是很少見的，這也是這一組選擇來十三行博物館的原因，在遊戲中，融合了古時人們捕魚和修復古物的元素，這個創意也使我們嘖嘖稱奇。

離開博物館後，我們騎著沿路返回一開始租借腳踏車的地方，我們並還沒有結束今天的旅行，我們決定去海邊玩，如果我們知道後面的結果一定會後悔做這一個決定的，我們從第一張照片的那一座橋旁邊的沙灘走下去，一開始走的地質很正常，到了後面走到很多蚵附著的石頭上後，我踩著的那塊石頭竟然突然四分五裂，我直接掉進泥濘中，也不知道當時腦子是不是不在線，我竟然選擇保護鞋子把鞋子脫掉，赤腳從蚵殼堆繞過石頭走到岸上，而鬍子竟然也下來陪我走，我超感動的，我腳底受傷還攀岩上去，我瞬間覺得我是獅子王。結束後我們變得超落魄的，我們全身都泥濘，坐在岸邊等待他人幫我們買拖鞋，因為太晚，很多店都關門了，買到的拖鞋是我人生中最難穿的拖鞋了。

經歷完這一次旅行後，我們應該先反省，選擇要去的景點前應該先三思而後行，要先顧慮是否存在危險性，再選擇前往。旅行使我們沉迷，也使我們歷練與成長。在這一次旅行中，有很多是我們意想不到的，尤其是陷入泥濘中，希望看到這篇文章的人，以此為警訊，請不要步入我們的後塵。

落日浪漫

李姮樂

記得小時候很喜歡去淡水，因為那時候去淡水可以在八里買船票坐渡輪過去，覺得很新鮮，覺得坐船很好玩大家排隊上船，坐在船艙裡，風迎面吹來很是舒服，看著沿岸的風景感覺心都開了，所以我非常喜歡去淡水玩，還記得那個時候的淡水真的好多人很熱鬧，我們走在老街上東逛西逛還吃了家喻戶曉的鐵蛋、阿給還有阿嬤的酸梅湯，還有租腳踏車，邊騎車邊看風景真愜意，但是近幾年我都沒有時間去淡水，直到我上了真理大學，才開始重新接觸淡水的一切，包括課堂上常常要去理解馬偕這個人，所以常常去看馬偕的雕像還有去淡江中學看他的墓園，還有去看周杰倫電影不能說的秘密拍攝場地八角塔。

這次趁著假日就來走訪一趟好久沒有去逛的淡水老街，完成這次的旅遊文學作業，這次沒有從八里渡船頭坐渡船過來，這次是從淡水和衷宮當作起點出發，沿路一排很多很多的小吃，但最多的還是炸魷魚，可能是因為這裡是海港附近吧，最盛產的就是海鮮了。這邊的遊客很多，不知道是原本就會有那麼多人，還是因為大家因為疫情三級警戒的關係，在家裡防疫被關的太久了，所以大家都想跑出來走走逛逛透透氣。再繼續往前走就開始看到有街頭藝人在表演，有人在賣畫像，當場畫自己的那種，有人在唱歌，也有默劇演員，投零錢他才會進行表演。我坐在碼頭旁邊的椅子上休息，邊吃著剛買的小吃，邊看著渡輪和人群來來往往的走動，這種步調讓我覺得心情很放鬆，沒有了壓力，應該算是另類的舒壓吧，休息一下之後再往前走，看到前面一隻狗狗戴著墨鏡，還自己咬了一個小包包，好可愛好神氣的樣子，很多路人圍觀幫牠拍照，牠的主人也樂在其中的享受。

接下來就走到網路上知名的冰店，朝日夫婦來朝聖一

下，這間店我已經收藏好久了，圓滾滾一大球挫冰加上各種口味的醬料和水果超級適合拍照的，但是因為疫情的關係有限制入場人數只能外帶，所以沒有辦法拍到我想像的那個圓滾滾的冰了真可惜，但是這個包裝變成一盒也挺可愛的就像是一盒便當一樣，點了一盒冰之後就坐在店外面的椅子上吃，我這個口味是一半奇異果一半火龍果的，原本想說奇異果這一半應該會很酸不太好吃，沒想到它比起沒什麼味道的火龍果，奇異果的味道很濃很甜很好吃，最喜歡奇異果這一半了，邊欣賞風景邊吃冰，感覺格外幸福。

　　吃完冰之後繼續往前走著，這時候已經是接近夕陽西下的時候，這邊的走道變得比較小，旁邊是紅色磚瓦的圍欄，而且頭上還有樹蔭遮著呢，我正準備找一個漂亮的位置欣賞落日美景，就碰巧看到一隻貓咪戴著帽子，也跟我一樣正準備一同欣賞夕陽，真的好可愛是個小文青喵喵呢，看來是一

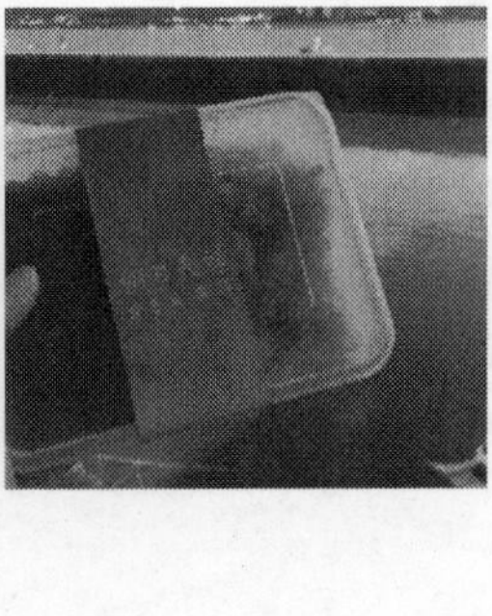

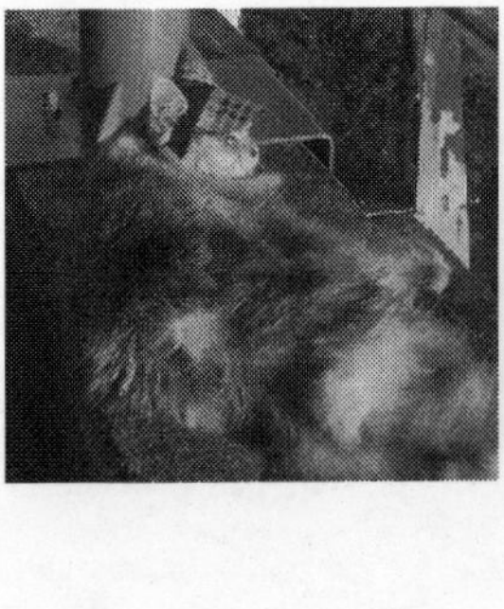

隻懂得享受人生的貓呢。

接著重頭戲就來了，在大家的注視下，美麗的太陽緩緩的落下，彷彿像是一幅美麗的畫，待到太陽整顆沒入水中，心裡有一股失落的感嘆，這時我才明白古人所說的夕陽無限好，只是近黃昏。

我雖然常常欣賞夕陽餘暉，但是總是看不膩，美麗的景色真的能令人心情舒暢，心曠神怡。

夕陽西下之後夜晚就降臨了，夜晚的燈火又是另一種的美，我也很喜歡看晚上的夜空，看著月亮數著星星好不浪漫呀。

淡水日本警官宿舍再現

吳庭宇

淡水，是北台灣人文發展極早的地區，歷史上曾經是台灣重要港口，遠在清朝時期即因其地理位置而成為台灣北部船舶往來之地，進而帶動其繁榮與發展。

經歷日治時期至二戰的百年歷史古蹟「淡水日本警官宿舍」日式建築，於二〇〇七年（民國九十六年十二月二十八日）正式公告登錄為新北市歷史建築，於二〇一八年（民國一〇七年一月二十七日）正式動工修復，於西元二〇一九年（民國一〇八年五月十日）完工，二〇一九年十二月正式對外開放。

坐落在淡水老街至高點，興建於日治大正九年（一九二〇年），當時由淡水郡役所警察課長（高階）的宿舍，一九四五年二戰後政府接收，並供給當時台北縣政府警察局作為淡水分局長宿舍。每任局長所居住的時間截然不同，最後居住在此的淡水警察局金福海副局長及夫人在此居住三十九年。

一日在下午沒有課的時間，和同學放慢了腳步，從熱鬧的淡水老街彎進小巷，稍微循著階梯往上走幾步，就在盡頭處可以看到木牌上的字「淡水日本警官宿舍」，建築物外圍往下看，可以欣賞到淡水河岸風景，或許是平常日非假日時間，寧靜的空氣在此流動著，令人感到心平氣和，這裡不收門票，對於歷史建築人文淡水有興趣的人，不妨來此走走逛逛。

淡水日本警官宿舍位在中正路十二巷五號，在福佑宮媽祖廟的右後側小山坡上，美麗的建築同時具有日式，洋式及台式風格，於日據時期建立。日本警官宿舍，是極具有日式氛圍的老宅，經過修復後，整個日式建築非常動人。

宿舍門口左邊為應接室，右邊是玄關後有日本傳統建築都有的「取次」，取次是在進入室內前的空間，踏階有高度落差，在此跪坐迎接客人的主人，眼神可與站在玄關的客人對應。

入室後左側的應接室是採用唯一洋式的風格設計，有舒適的沙發，主要是受西洋影響的公務會客空間；鄰進廚房的「茶之間」此區飯廳或起居室功能，茶之間的正後方為「台所」的區域，台所式廚房的區域，地板比其他生活空間低。

在日式住宅必備的坐敷，地板為榻榻米，在坐敷空間旁有床脇，放置了許多重要的文物，有文藝品、古董、書籍等物品。有在修復時期所保存的鬼瓦、巴瓦、丸瓦、大棟瓦（平冠、丸冠）及掛棧瓦建材。在坐敷空間的右側是「床的間」有擺設畫軸、盆景或插花等裝飾。床柱和床框形成一個內凹空間，起源有多種說法，安置佛像的壇臺及身分高者作演變等。在宿舍的盡頭，在寢所旁有「緣側」，加大設計的緣側就是住屋與院落的廊道。曾因為前台北縣淡水分局孫肇局長住宿期間，因夫人喜愛跳舞而特別加大。

繞到建築物後面有規劃廁所，還能發現藏在山壁中的防空洞，不過目前沒開放，充滿神秘感。傳統的日式建築屋內，因為是木板地，入內需脫鞋，整棟建築雖然不大，氣氛卻幽靜，室內運用拉門可將空間彈性運用，將落地窗外的景色綠意引入其中，而房屋空間，適時搭配古色古香的擺飾，典雅的日式長廊，採自然光灑進屋內，最是美麗。

沒想到離熱鬧的淡水老街不遠，就藏了這寧靜的建築，參觀完日本景觀宿舍，階梯繼續往上走，彷彿穿越時光般，兩旁充滿歷史的老屋，就是淡水重建街，很適合淡水一日遊，讓淡水之行更加豐富。

紅磚洋樓——前清英國領事館官邸

言欣樺

十一月三十日這天是我第無數次進入紅毛城這個歷史園區，從前都只注意紅毛城的特色風光，卻經常忽略了旁邊同為紅色外觀的英國領事館，所以趁著這次寫作的機會來參觀，本身作為歷史愛好者的我，迫不及待的想要一探究竟，那天是從早上就令人舒服且愜意又春光明媚的好天氣，讓我期待到幾乎可以忘記早上種種小小的不快，像是公車差點沒搭上這類的雞毛蒜皮小事都可以快速忘記，一到達門口迅速做了實

名制的動作，門口的一位導覽阿姨隨即與我們說到：「你們可以沿著旁邊這段路走，過了洗手間在走一小段路，看到樓梯走上去會先看到紅毛城，再往右走就是，路上的風景很美可以慢慢欣賞。」我們說了句謝謝就開始緩緩地走上去，上樓梯前的景色可以眺望對岸的觀音山，夕陽西下八里街景的熱鬧繁榮、家家戶戶漸漸亮起燈火，猶如這沿岸的星火不受夜晚來襲影響，也能有越來越昌盛的街景，再往前看竟就能看到淡水河出海口，能看到正在建造的跨海大橋，船隻的頻繁往來。

留戀了一下小路旁的風景，緊接著往樓梯走上去，本來階梯旁能慢慢的眺望出海口的風景，但因為樹木長得太過茂密，常年沒修剪，但不幸之幸是可以這綠蔭之道呼吸芬多精，也漸漸忘了這樓梯的陡峭難行，但一到瞭望台真的先氣喘吁吁了一會兒，就先看到左手邊的紅毛城，接下來小走一段，會到兩棟建築中間的小小瞭望平台，看似不起眼但卻有種奇妙的感覺，雖說綠蔭盎然的樹木遮住了遼闊的風景，卻意外地有種小孩墊著腳尖身在高塔中用望遠鏡瞭望著窗外的風景，即便視野縮小，卻能更能專注於這個景觀，不受其他旁邊的外物干擾，對岸的人事物、在河面上乘著小船進行釣魚、和乘著客輪等待到對岸遊玩的遊客……等，都能藉此看到一清二楚，不論是喜悅的、難過的、新奇的，轉過身後會有經過一片草皮，整理得十分井然有序。

緊接著走到今日的主角，英國領事館官邸，為殖民式建築，紅磚的外觀和四面的屋頂，還有綠釉女兒牆，強烈的創造出中西合併的風格，建築是使用福建廈門那邊運來的閩南磚，而屋頂是用三合院是的四面屋頂，拱門、綠釉的女兒牆和迴廊，這些都是西式建築的特色，在進入建築前會看到這座建築的記事立牌，原來這座建築已經歷了許久的歲月也有許多的改造和翻修，才能有今日的外觀，因當時的維多利亞女王創造了新的盛世，所以此建築也是以當代的藝術為設計的也為當時流行為主，上面還雕刻著維多利亞女王的名字縮寫和這座建築的製造日期，不愧是維多利亞女王，日不落帝國跨越了將近半個地球也能看到她的身影，可見她在英國人民的心中有著非常崇尚的地位，一進去會先看到通往二樓的旋轉式樓梯，左右邊各為餐廳和客廳，直直走為廚房和書房，走了一圈都有種身為貴族小姐的氣息，拼貼式的

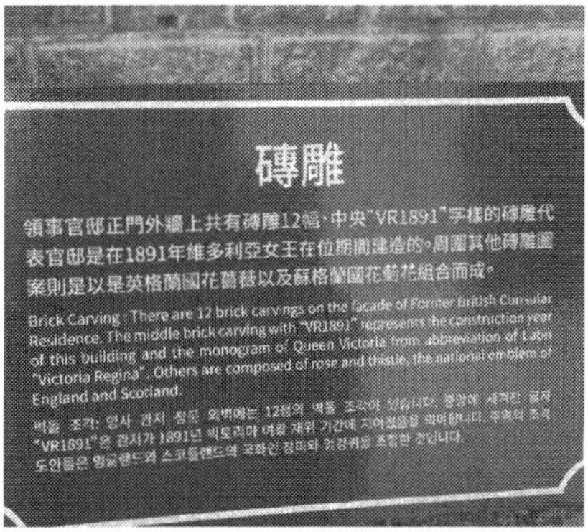
磚雕
領事官邸正門外牆上共有磚雕12幅·中央"VR1891"字樣的磚雕代
表官邸是在1891年維多利亞女王在位期間建造的。周圍其他磚雕圖
案則是以是英格蘭國花薔薇以及蘇格蘭國花薊花組合而成。
Brick Carving : There are 12 brick carvings on the facade of Former British Consular
Residence. The middle brick carving with "VR1891" represents the construction year
of this building and the monogram of Queen Victoria from abbreviation of Latin
"Victoria Regina". Others are composed of rose and thistle, the national emblem of
England and Scotland.

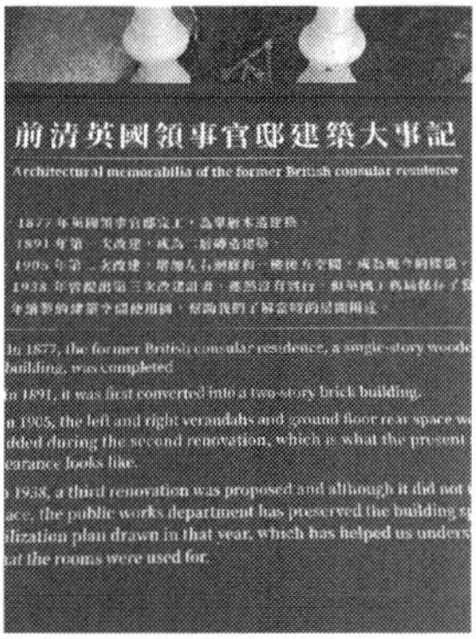
前清英國領事官邸建築大事記
Architectural memorabilia of the former British consular residence
In 1877, the former British consular residence, a single-story
building, was completed
In 1891, it was first converted into a two-story brick building.
In 1905, the left and right verandahs and ground floor rear space
added during the second renovation, which is what the present
1938, a third renovation was proposed and although it did not
the public works department has preserved the building
plan drawn in that year, which has helped us
the rooms were used for.

英式地板，還有旁邊的落地窗顯得屋子光線格外明亮透白，跟本不需電燈多餘的輔助，就能顯現室內裝潢的色，二樓一進去就是主人房、小孩房、客房、浴室還有傭人房，主臥、客房、餐廳和客廳都有一個壁爐，為了因應淡水潮濕經常下雨的氣候，樓層墊高還有屋頂的氣窗都是為了排除濕氣和保持空氣的流通，而且裡面也有許多電器用品，像是電燈、電扇還有其他電子產品，這也間接表示了現代化的進行，覺得很新奇，能看到許多東西做早期的模樣，最後繞了一圈這座建築，不管怎樣都覺得好像到了童話洋樓走了一遭，當了一小回這棟建築的主人，最後在旁邊綠油油的草皮散步了一下，竟發現這原是一個網球場，原以為是給孩子們嬉戲的遊樂區，那時竟也如此注重球類運動，真是令我大開眼界，隨著夕陽西下的時間漸漸到來，似是提醒我們該從這個童話世界離開，這是我第一次這麼仔細的瞧著這棟洋樓，希望有機會能再次探訪。

大風天的八里

阮陳青河

是一個剛來台灣不久的外籍學生，我非常渴望在這片充滿希望的土地上探索和學習。因爲我是剛剛來的人，所以對這個地方還不是很熟悉也不知道應該去哪地方玩。幸運的是，我總有願意熱心幫助和分享的老師和朋友陪著，他們給我提出了許多非常有用的推薦。我問我的朋友在淡水有什麼特別有趣的參觀地點，問了十個人就有到九個人都說我這輩子至少應該去一次八里。十六世紀淡水是西班牙人的主要聚居

地，十九世紀是台灣最大的港口之一，現在淡水沿海區和八里島是淡水著名的觀光景點。因此，我和一些女同學決定選擇八里作為我們創作作品的觀光地點。

那一天是一個豔陽天，豔陽高照，天氣暖和，一切都充滿生機，我們六個姐妹興高采烈地出發，前往八里。要到八里，我們要從淡水乘船到對岸，往返票價為六十八元，價格對大學生我們來說很實惠。買完票後，我們就匆匆忙忙跑到排隊區，也有很多人像我們一樣排隊，排起了長隊。我們在船上一邊拍照一邊聊天，突然在我心中莫名的喜悅。風吹得那麼猛把我們的頭髮弄得亂七八糟，有時船引擎的轟鳴聲大到淹沒了我們的聲音，這裡的場景變得既安靜又詭異的嘈雜。

剛下船，一道靚麗的風景就出現在我的眼前，晴朗的天空，海水清澈見底，可以從遠處看到觀音山高高的，山巒重疊。八里那天氣溫降到十五度，冷森森的，所以那天人數很少，我認為夏天或溫暖的日子是訪問這裡的最佳時間。由於時間有限，很遺憾我們沒有足夠的時間來參觀十三行博物館和挖子尾，最後我們決定租自行車騎幾圈。

我們播放不同類型的好歌，一邊沉浸在旋律中，一邊欣賞馬路兩側的美景，這是一種愜意的感覺。我們輪流騎自行車，自行車很重，所以我們不得不用盡全力騎自行車。尤其是在上坡的時候，我們要用更多力，我們的大腿變得緊繃，呼吸變得更加急促。雖然很累，但我們感到非常興奮和充滿活力。我們聊天和分享很多事情，談話談的很開心，通過這次郊遊，我們越來越近了，越來越對彼此更加開放了。

我們在公園停下來休息，享受非常美麗的日落光輝，風景太美了，我們想拍盡可能多的照片。然後我們一起玩了一些遊戲，我們非常享受這一刻。我從未見過我的朋友們如此開心，他們玩得很開心，讓我覺得他們是幼兒園的學生而不是大學生。他們的笑臉好可愛，我希望他們永遠保持這種天真單純的笑容。

天漸漸暗了，我們要回到原來的位置還車，對岸的建築燈火通明，五光十色。空氣寒冷，風吹得如此猛烈，彷彿要把我們都吹走。然後我們參觀五〇年代兒童的商店，在這裏有賣很多幾十年前的東西，尤其是糖和餅乾之類的，我感覺我回到了

童年，回到了甜蜜的童年時刻。

我們走走在老街上，在這裏賣很多美食比如阿給，鐵蛋，魚丸，巨無霸霜淇淋，勾勾冰淇淋，油炸食品等等。雖然是著名的旅遊勝地，但這裡的攤位價格非常實惠。最後，我決定在一間糕點店買紅豆糕，味道不錯很道地。這也是我們今天遊覽的最後一個地方。

我們互相道別，結束了既不長也不短的一天。其實，我個人認爲相機無法捕捉到這裡的美景，所以打算來這裡參觀的小伙伴們快來親身體驗吧，用自己的眼睛去看和記住，這才是所謂的真正的旅遊。

我一定會在不久的將來再次訪問這個地方，希望下次會是一個「晴天的八里」啊！

與幾米同遊淡海輕軌

林思妤

起初為了大四畢業專題而有的這一趟一日遊之旅，其實讓我感覺到有點一個頭兩個大，畢竟要把遊玩的東西放在學術層面上是有一定難度的，所以一開始真的很懷疑能不能夠做得好。

與同學們一起探勘的那天，天氣非常晴朗沒有一絲烏雲來搗亂，我們也就開始了當天第一個景點「紅樹林生態步道」，在那邊像是在測試視力一樣需要好好專注且有耐心地去找找生活在紅樹林裡的可愛又迷人的招潮蟹和彈塗魚，在那邊也能拍出森林系的照片，也非常適合男女老少男這邊吸收芬多精及散散步。

再來搭乘輕軌前往第二站的景點「雙峻頭水源地」，這邊全台灣最早的自來水發源地，雖然現在沒辦法到裡面好好觀察水質到底有多清撤，但因為旁邊的住戶有很多隻親人的貓，甚至雞跟鵝也都有，所以可以當作是順便來看看小動物的也別有一番趣味。看完歷史悠久的水源地後就要進入我最愛的重要部分了！那就是午餐「富群休閒農園」，這邊有一樣料理非常有名叫做柚香雞，真的是吃過了才能體會到為何會這樣取名，這道料理真的能吃得出有淡淡的柚子香味，雞肉也不會過於柴反而非常多汁，超級juicy的！其他菜色其實也都還不錯，在其中最令我印象也蠻深刻的是山藥卷，非常物超所值、東西也是熱騰騰的吃起來很扎實不會像在吃空氣一樣，那我們在飽餐一頓後，接著就要來吃甜點「舊鎮五〇年代枝仔冰」。

這邊的冰一隻蠻便宜的大約十五至二十元都有，口味的話我會推薦比較有特色的凍頂茶口味，這個口味吃到後面還會回甘，我個人覺得以冰品來說是蠻厲害的！之後我們下一站是去「藍海大道」，在吃飽喝足後就要開始散步拍拍照了，這個地方非常適合天氣好的時候來拍拍照，尤其是夏天來很能襯托出夏日的熱烈風情，那在拍完我們的網美照之後接著就要繼續品嚐身處在秘境般的下午茶咖啡廳「越夜越美」，這天我們分別點了很多種飲品，其中我的是白葡萄氣泡飲，真的不得不說雖然製作時間蠻久的，但花這個價錢加等待的時間我覺得蠻值回票價的哦，能吃得到是由新鮮的葡萄果粒去搗碎的，喝起來非常的解暑，而在餐點上我們則點了冰淇淋抹茶鬆餅，鬆餅的份量很多，大約兩個人吃很剛好，冰的部分我就覺得中規中矩了，但這並不影響我的用餐感覺，這間咖啡廳不僅有自己養貓也有同時在餵附近的貓，他們真的是很溫暖又有愛心的店家，這間店身處的位置在綠野馬術及沙崙海灘的中間點，所以不時就能夠看見馬匹踏在沙灘上而我們也在等餐的時間去看了看沙崙海灘的風景，雖然一眼望過去非常的舒適宜人，但因為還是有些許的垃圾

在沙灘上所以就讓我不禁覺得，怎麼就是有這種沒公德心的人呢。那在喝完下午茶後我們就會來到「淡水漁人碼頭」，很剛好的我們那天去剛好是淡水開始放煙火的第一天，傍晚的漁人碼頭真的很美，可以看得見夕陽西下的落日餘暉，雖然那天人非常多所以無法看見整個風景是如何，但也多虧這個人潮讓我知道了那天原來是有要放煙火的！煙火也非常的美所以回程的時候也塞了很久，但我們那時看得也很意猶未盡，希望能夠常常在淡水見到這種盛事，就這樣我們在夜晚的塞車中度過了這一天。

老實說，本來我並不覺得這個一日遊會有多好玩，第一個原因可能是因為已經在淡水將近四年了，該去的地方都去過了所以並不會有太大的期待，第二個原因是因為想到這個一日遊是要作為學術研究題材的參考就覺得莫名其妙的非常焦慮，第三個原因可能就只是因為只能利用輕軌及公車來當主要交通工具而覺得有點浪費時間，但這一天下來直接打破了我的眼鏡，不管是交通工具、景點或餐食甜點上都令我蠻滿意的，這邊也剛好圓了我想去沙灘的願望，真的是非常不錯的一個一日遊。

憶・雲門

林夏

這次因著選修旅遊文學這門課，又有了再訪雲門的機會，兩年前我踏著夕陽而去，看著悠閒的人們或站或坐在雲門劇場前的長樓梯上，微風拂過陽光正好，在淡水總是來來去去的我竟也沒機會再拜訪一次雲門，這次一有出遊的機會我便立馬想到了這個座落在半山腰上，樹林環繞的美景。

去雲門劇場這天，我興奮得像是要拜訪一位許久未見的舊友，雖然遇上了淡水難得的霧霾，但走在前往雲門的路上，我想我也是懂了那位詩人為什麼會說「走在風中今天陽光突然好溫柔」，遇上了霧霾我也看到了淡水河面上朦朧隱約地透出八里的樓房，影影綽綽般的，竟像是沙漠裡的海市蜃樓，就著這一些風景陪伴，我也到了要爬往雲門的小山坡下。

說是山坡，其實腳程快一點的爬上去十分鐘左右便可到達，但我偏偏是個愛到處捻花惹草，這裡看一下，那裡拍一會的人，於是我便走得慢了一些，所幸這趟旅程只有我一個，不必去遷就人，也不怕耽誤到人家的行程，這邊是我為什麼如此愛獨行的原因了。小時候每逢假日父母便帶我去爬山，氣喘吁吁間便顧不上這許多好看的事物了，現在不同，體力稍微好一點後看著盎然的大樹挺拔在側，綠葉垂垂繞繞的又跟另一棵樹交纏在一起，風帶起了葉子，或是葉子調弄起了風，總之覺得樹帶給人的沈穩溫和感簡直是太好了。也看到了四棵統一朝一個方向歪斜著的小樹，看到時便覺得有趣，都說人要為了五斗米折腰，難道樹枝中也要為了什麼折腰嗎？

慢慢走到雲門外圍，可能因為平日的緣故，我到達的時候竟然一個人也沒有，空曠的廣場沒了奔玩的孩子，拾階而上眺望淡水，雖說這裡看不見淡水河，霧霾的關係也看不見湛藍的天和白雲，只能看著遠方矗立的大樓，還有鄰近的幾處矮房，但有種在城市之中尋得一塊密處，只有天地和我知道的秘境，在上班日我能在此望著天吹著風發呆，所謂偷得浮生半日閑便大概就是這種滋味了吧。上次來雲門的時候這裡人聲鼎沸好不熱鬧，帶著孩子的父母，約著三五好友來散步的爺爺奶奶，還有三三兩兩的遊客，對比之下這次只有我一人，望著空蕩的階梯終於露出他的樣貌，我沒了去坐坐的慾望，這難得的「休假日」還是讓我們一起好好珍惜吧。

不論是被人群包圍的樣子，還是遺世而獨立的雲門，都有他的美，所以才能讓我第一次去就如此著迷吧，不管人為他帶去多少歡聲笑語，亦或是平日的冷淡清寂，我彷彿覺得雲門就在那裡，那樣的氣質跟著為了去看他一路上遇到的樹、風、陽光都好般配，走下山的時候腳步變得更輕快了，雖然這次沒有人言鼎沸，但我看到了不一樣的雲門，只有我跟它，站立在這片土地上，這難道不比假日的雲門更令我心喜嗎，這是多難得的，多少外地的遊人只能看著人滿為患的雲門，嘆著一句這不過是人多的公園罷了，這樣想來我不是更加幸運的嗎，那些遊客沒有錯，只是來錯了時機，況且如果有心，吵雜的公園也有值得留意愛護的，但其實我自己在日常生活中也時常有為了追趕某件事而行色匆匆，這好像已經是現代人的通病了，所以總想提醒自己慢一點，事物錯過或許還能再找，但那瞬的雲霞，落下的餘暉，天空上的白雲，風的樣子，這些錯過就不再的大自然禮物，我想好好把握，再留戀一眼，然後永遠收在我的回憶庫裡。關於雲門，我想那邊的林子跟風在密語著，談笑間迎來又送走許多遊人，卻又會在下一次跟他們相遇，這時不過像個舊友一般，你在這，於是我來看望。

關渡之行

施羽恆

其實我從來沒有去過關渡！但在打報告的時候詢問媽媽，她說小學一二年級的時候有去過，我就說我怎麼可能會記得啊？所以就當沒有去過吧！

這次雖然是因為作業的緣故，但還是很期待。

我跟胤璇是分別去的，約在關渡捷運站，下課後，我先在前門搭公車到淡水捷運站，再搭捷運到關渡站跟胤璇會合。

一出捷運站我們就往關渡宮跟靈山公園的方向去，當天天氣還不錯，沒有下雨，還有出太陽。

關渡宮其實還滿大間的，但我覺得其實跟台北隨處可見的宮廟很像，裝潢風格都很類似。而且廟外面有好多好多的鴿子！我有點怕他們會突然飛撲過來，也怕自己踩到牠們，但是也看到不少人在逗弄、餵食牠們，現在鴿子的待遇真好，我家那邊的鴿子也是肥肥的，看起來過得很滋潤的樣子。

我們先在外面拍了一些照片後，才進去裡面參觀拍照，因為目的不是來拜拜的，所以我們沒有拜，頂多雙手合十致意。

進去之後，當天可能因為是平日，沒有什麼人，我們對著柱子、天花板、牆壁、門之類上面有裝飾的地方看看、拍照，有幾隻石獅子的石像滿可愛的，就拍了比較多照片。

再來我們在樓上參觀時，這時候的天空已經有些夕陽了，風景非常漂亮，就站在樓上拍了幾張照片，我看著這幾張照片，感覺都能再多寫幾首新詩了。

我們站在二樓看著夕陽一邊聊天（其實我當天身體不適，所以是慢慢來的），畢竟兩人都對這個地方不怎麼熟悉，就想說在這邊多待一下、多看一下，其實也滿不錯的，很放鬆。

三川殿是欣賞石雕的最佳地方，從上到下，不論是龍柱還是麒麟，生命的力量在牠們的身上展現無遺。傳說中的四大靈獸和各種吉祥動物，來到眾人身邊表達歡迎，引領著每個訪客，通過三川殿進入神聖清靜的方法——「方便」、「智慧」和「慈悲」。

天氣很不錯，風也很舒適，剛好看到覺得能成為配圖的瞬間，立刻拿起手機，將這畫面記錄了下來。

我們去的時間其實很短暫，胤璇晚上還要打工，而我的身體非常不舒服，基本上都是拍照，就往下一個地方去。能夠找到同一個時間一起去真的實屬不易，我真的很希望還有下一次機會能讓我好好參觀跟欣賞關渡宮，以及旁邊的靈山公園。

值得一說的是，我覺得廟內的石雕都非常美！拍了相當多石雕與柱子的照片，這些都是電子機器

很可愛的石獅子雕像，夕陽還在正中間，光芒萬丈，很漂亮，我很喜歡。

做不出來的人工手藝，一刻一筆都是獨一無二，不像是機器的制式，充滿著手工與當石雕刻的人當下的心情與人情。

還有，壁畫也是，在以前那個科技還不盛行的年代，都是手工繪製，我真心很佩服這種手藝跟眼力，還有製作當下的專注度。

我們出觀音殿往上走不遠處，就是靈山公園了，我覺得那邊就只是一個高處能看到淡水河、關渡大橋的地方，時間有點晚，所以我們就大致拍一下照片和影片，剛好那時候是傍晚，夕陽西下的時間，拍出來的照片都有夕陽的暈染、襯托，淡水河加上橘色的夕陽，景色真的美不勝收。

說實在，能這樣看到景色的機會說真的不多，都市人都來去匆匆，無暇觀賞身邊的美好，但其實美好一直都在我們身邊，只需移開看著手機的眼睛，抬頭仰望。

石獅子。

關渡宮。

搭船十分鐘就能到的左岸

夏滋佑

那天是十一月十九日星期五，剛好只有上午有課並且是期中考的最後一天，所以考完就在想要去哪裡玩放鬆一下。原本大家提案去動物園，只是當時已經在淡水吃完午餐，再去動物園只能玩幾個小時不划算。邊苦惱邊像往常一樣在淡水湖畔散步，忽然瑚子指著港口就臨時起意道：「要不我們去八里吧！」一開始我是拒絕的，因為當時只有我玟子瑚子妍子四個人，而旅遊文學我們是十人一組，之後大家還會要再約時間一起去。不過想到又多一次去八里玩的經驗，作業應該會比較好寫，於是我妥協了。當時我去八里的心情只是抱著想完成作業的心態，但沒想到這一次的郊遊是很難忘很特別的回憶。甚至讓瑚子後悔自己提議要來八里，我還吐槽她說自己選的路哭著也要自己走完。

前一天的天氣是偏冷的，所以我們都穿着長袖加發熱衣和外套，結果那天最高溫到二十六度。艷陽高照，大家都覺得很熱就去廁所脫下多餘衣物，但到後面也很慶幸我們穿的多。淡水搭船到了八里非常快只需要十幾分鐘，到達我們馬上去租腳踏車。來之前我還很擔心自己不會腳踏車會造成麻煩。沒想到其他兩個人也不太會，很順理成章的一起租四人腳踏車。瑚子是天生的社交高手，並且到了很可怕的地步，我都誇張地稱她為社交恐怖分子。騎車的一路上她就像某迪士尼花車的人物一樣，看到一個路人就逮著他找招呼，讓我覺得丟臉的同時又覺得好笑。就這樣循著八里的左岸腳踏車

道前進，徐徐的海風吹過。些許雲朵擋著的陽光使溫度的剛剛好，我們說說笑笑的看著美麗左岸的光前往未知又新奇的旅途。

我們的目的是二〇二〇年新蓋的十三行文化公園兒童共融遊戲場，我原本以為公園很大應該有很多遊樂設施，但其實設施不算多。不過可能是因為是平日的下午所以其實沒有什麼人，像是包了整個遊樂場的感覺還是令我很興奮。滑個溜滑梯就像小孩玩的不亦樂乎，之後又去玩了蹺蹺板跟盪鞦韆，我很享受微風輕揉掃過的感覺，舒服地瞇著眼睛望向天空感受到了生活的悠閒自在。後來我們去玩其他設施時，有看到幾位出社會的姐姐也去玩盪鞦韆，也有爺爺奶奶在玩翹翹板。每個人很悠哉自得，我心想人不管年齡多大都還是保持著一顆童心呀。我們玩得忘我的下場就是回程瘋狂的飆車，還腳踏車到時間快到了阿阿阿。這時候也不管三七二十一了馬上在腳踏車步道大喊「借過借過不好意思我們要還車了！」有路人還替我們加油打氣，後來我還直接下車衝刺剛好壓線還車，覺得在學生時期就是能把多小的事都可以演成青春熱血電影。

還完車玟子提議說要去海邊玩，看到有老師帶著一群小孩子在介紹海邊生物的同時也順便淨灘。很喜歡這種教育方式我認為很有意義，從小就要教導孩子保護好周遭的生態環境，尤其是這麼美麗的淡水河一定要好好守護。可能人生中都會做過一次傻事吧，玟子瑚子與沖沖的脫掉鞋子就往泥潭里邁步，我看了一下也覺得來了興致，便跟著脫了鞋。但剛脫完鞋我就後悔了，因為泥地下面還有殼，應該是蛤蜊之類的殼。我們完全沒有準備拖鞋就踩下去了。我就一手拿著鞋子艱難的走路，踏出去的每一腳都像是踩到刀刃一樣痛，所以我會慢慢探路等一隻腳踩到沒有那麼痛的地方再走下去。但其他的人狀況就沒有那麼好，玟子一馬當先的走在最前面，也因為他讓我誤以為這段路很輕鬆。並且她是唯一一個攀爬著岩石上岸的人，據她本人的觀後感是覺得自己像獅子王攀登很威風。不過其實當時沒有人注意她，因為每個人都陷在泥潭裡面身不由己。瑚子是第二個出發的也走完整條蛤蠣殼泥沼路，並且途中跌了跤，當時看到都冷不住替她捏了一把冷汗。而我跟妍子只是有走了一小段，途中走累的我就看看天空，覺得白雲像油畫樣塗抹在天藍色的畫板上很好看便拍了照。我還抓到小招潮蟹原本想偷偷帶回家養，可惜牠掙脫了。望向遠方的白鷺鷥羨慕著他們可以直接飛離泥地，不像我們陷入其中。但因為怕漲潮了所以我們才得趕緊離開，我就一咬牙穿著我的愛迪達小白鞋踏進泥地上岸。而且我是唯一有拿著鞋子去走路的，所以直接原路返回上岸幫忙其他三人拿了鞋子。真的很慶幸我自己有一直拿著鞋子，不然我自己真的走不完那一段有牡蠣殼泥沼路，只是還是心疼我的小白鞋。上岸清洗過後，因為瑚子有跌倒所以褲襪衣服都弄髒了。幸好玟子穿的是裙子，並且前面有提到今天天氣轉熱所以先前有換下一些衣物。玟子就把裙子借給瑚子穿，然後自己穿着先前替換的褲子，不然瑚子上捷運一定會被頻頻側目的。

除了我之外三人腳都被割傷了，傷沒那麼嚴重的妍子和我一起去買拖鞋。我們進到一家賣有雜物跟懷舊小物的店，詢問老闆有沒有賣拖鞋時，老闆態度很冷淡。我們找不到她也不走過來告訴我們地方，只是口頭重複位置，而且賣得是那種很貴又是墊高的拖鞋，不是我想要的普通拖鞋。後來我發現店裡有藍白拖造型的小磁鐵覺得很有趣想拍照，老闆坐在椅子上斥責我不要拍照，整個過程讓我感受很差。後來我到隔壁買泰式奶茶的老闆問他附近有沒有賣拖鞋，老爺爺很熱情說他有賣。他以前是做網路拍賣的，一雙手工拖鞋賣我五十。並且老爺爺請別人拿拖鞋過來的期間很熱情都跟我們聊天，讓我感受到跟前一個老闆不一樣的熱情。像是紀念品徽章的小玩意他都只賣我一個十元，還請我試喝泰奶，三雙拖鞋加上紀念徽章跟泰奶我一不小心就花了三百元了。可能因為是冬天夜晚降臨到比較早，我們回去找瑚子和玟子的時候天色已暗，並且海邊的風很冷。瑚子跟玟子一個提議要來八里，一個提議要去海邊的兩個人表示很後悔，是他們人生中最落魄的一天。並且晚上六點多小吃攤販都收了，之前熱鬧的街道變得冷清，騎車時說要吃的小吃一口都沒嘗到。我一邊打趣說：「這是我出生以來最狼狽的一天」，一邊攙扶瑚子慢慢一路走，吹著冷冷的海風黑黑暗暗的街道，害怕沒船可以搭是我們這趟旅行的句號。

那天是我做過最傻事情的一天，大家回家都被罵了。而沒有受傷的我也被訓話了，我爸說漲潮很危險認為我們沒有常識，並且禁止我再去海邊。但我覺得是個很有趣的回憶，我想在未來的日子我也一定會記得今天的，並且會懷念可以跟朋友一起做蠢事的日子吧。我很喜歡這群朋友，因為跟他們相處每天都會發生好笑有趣的事，原本被我嫌棄的只有兩堂課的星期五，現在變成每週我最期待的日子。不知道下星期還會跟朋友去哪裡玩呢？

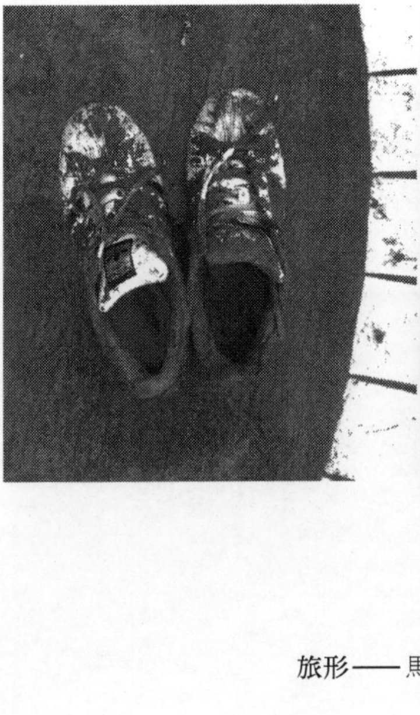

淡水一日遊

翁子涵

在接近聖誕節的日子裡，淡水老街充滿著雨水的味道，每天都下著綿綿細雨，而在這之中有時看起來很像在下雪，讓老街頓時充滿了聖誕節的氣氛。在外面的廣場中，布置了許多聖誕節相關物品，走在那裡面，有如在童話世界般，探索那裡的所有事物。

淡水老街的聖誕節，有許多情侶會想要去那邊坐著看海、吹海風，儘管多麼的冷，對他們來說都是一件浪漫的事情。老街裡有許多商家，玩遊戲的、吃的、喝的等等，讓遊客可以邊走邊玩邊吃。沿著海邊走，海風這樣吹，雖然很冷，可是別有一番風味。走著走著，不知是因為時間太晚還是因為疫情關係，導致很多店家都暗暗的，所以我們隨著燈光走，走到對面英專路很熱鬧。跟老街最大的不同是，店家都還開著亮著，所以我們從頭開始逛，一開始先吃美食，因為是晚上時間，所以我們才決定要先去吃美食，我們吃的第一攤是豚骨拉麵，那個豚骨拉麵雖然湯頭有點鹹，但因為老闆老闆娘人很好，所以提供無限量的加麵，我覺得光這一點就可以讓人忽略掉他的湯頭很鹹這件事情。

然而因為近幾年夾娃娃盛行，不管走到哪都可以看見夾娃娃機，所以我們只要一看到夾娃娃機店，就會很自然的走進店家裡，有時會因為感覺快要掉下來而去夾他，但是會越花越多錢，然而最後還是沒有得到那個娃娃；再來就是射氣球，因為之前還小爸爸教過我怎麼瞄準才能射到氣球，所以導致現在我可以每球都射到，達到滿靶的成就。吃完晚餐玩了一些遊戲，要開始消夜時間，在英專路裡有很多甜食可以吃，像是仙草凍奶茶，仙草搭上鮮奶的味道真的是很美味，有一些店家會是加奶精，但是他們是加鮮奶，吃起來的味道就不一樣了。

經過這一天的遊玩後，雖然每天都去淡水上課，可是因為都是匆匆忙忙的經過老街而已，很少有機會可以去細細玩、細細品嘗遊戲及美食，也因此才讓我發現淡水老街有許多的東西可能要改變，不要墨守成規！但同時也有許多布一樣的淡水風景，是我平常看不到的，平常的生活總是過得太匆忙，不能去細看生活周遭的人、事、時、地、物，經過今天一天的遊玩，讓我看到了更多不一樣的淡水，像是味道、風景等等，都是在我平常忽略掉的。然而在淡水老街裡我也發現了一個老字號「新建成」他的餅內餡有很多種口味，隨著時代潮流的改變，他們也對餡料有加新的口味進去，讓他可以擁有更多的味道，並且也更符合現在人的口味及口感。

平常生活過程中都不會發現周遭的風景，每天

都是過著步調很快的生活，匆匆忙忙的過每一天，在這次的聖誕節裡，去好好地走一遍淡水老街及英專路，讓我發現了很多不一樣的景象，平常對一般人來說，淡水就是一個很好觀光的地方，是個觀光勝地。但是如果真正去走過一遍、去了解淡水的一些景象風景，會讓自己突然之間感受到以往淡水的歷史風景，有一些小吃、美食也是有很長一段的歷史了，藉由吃那些美食我們也可以感受到很久以前在當地的居民大部分都以什麼為食，同時也可以知道很多歷史故事，我自己很喜歡聽歷史故事，總覺得聽以前的故事都很有趣，跟現在人相比之下，他們了解比較多，所以我覺得淡水不只是一個觀光勝地，更是一個充滿歷史故事的地方！

真理與彎路

翁苡軒

放學後，從學校（真理大學[1]）走到永樂市場附近的教會。這是我某段時期，

1 真理大學與傳教士馬偕淵源不淺，學校不僅留有當時馬偕的住宅、學堂等，每年也都會以馬偕為主題，舉辦各式各樣的活動，為的是宣揚馬偕的精神與理念，以及感念他為淡水的犧牲奉獻。據說他剛來到淡水時，因為是外國人的緣故，被當地人排擠了好一陣子，甚至被潑糞。但他居然沒有因此反擊，也沒有回老家去，反而更堅定的留在這個地方。原因是在他初到淡水時，於淡水河邊禱告，他感受到神強烈的同在，並且呼召他在這，將福音傳給淡水人。後來他不僅與當地人成為好朋友，也為當地帶來了醫療與知識，更在這結婚生子孕育後代，死後墳墓夜葬在淡水（為於今淡江中學內）。他最廣為人知的名言是：「寧願燒盡，不願朽壞。」這精神的確值得人們學習，無論相不相信上帝存在。

每週五的例行公事。從學校前門（真理街）出發，一直直走就會到了，不過那天我走了一條「彎路」。我以為條條大路通羅馬，可那天還是照原路走回了大馬路，才抵達了原本的目的地。

這條路位於公車重建街口站（往淡水捷運站的方向）旁邊的巷子。那天，我在巷子裡亂晃，期望這樣晃著晃著能走到教會。途中經過一個公園，我就只是「經過」，因為這景象，使我不忍多看一眼。

這個公園看起來是有人精心修整、裝飾過的，有公共藝術裝置，樹木也修剪得整齊，我卻無心欣賞，只嗅到公園裡的人與這場域之間的不協調。木質地板上佈滿了紙板、棉被與簡陋的生活用品，六、七個人聚集在一起，有些人坐著、有些人躺著。我想著，哪裡可以讓他們洗澡？上廁所呢？有錢吃飯嗎？衣服有辦法換洗嗎？他們怎麼變成街友的[2]？

這裡似乎充滿了「痛苦」，我很直觀的這麼想：所有的痛苦都是主觀的感知，但它不僅僅是如此，也是透過這樣經歷的過程，讓它成為「過程」。但時間會過去，過程卻不一定能成為過程過去，也許會成為一道創傷，承載它負重前行；也可能成為一撇傷疤，不會完全淡去，而是成為肌膚上的一個部分，不痛不癢，回不去原本的模樣，卻也不礙前行。只是他們也是這麼想的嗎？也適用於解釋他們的人生嗎？對於我一個只經歷過心理上痛苦的人來說，這樣的過程以及成為過程的路途，已是辛苦不堪的了；而對他們來說，心理上的痛苦也許早是低層次的擔憂，最迫切感知到的，還是生理上需求不滿足的痛苦吧！當然，這只是我的想像。在淡水老街、永樂市場公車站，也常會看到像這樣的遊民。因為他們大都是我父母或是祖父母那個年紀的，難免有些共感，心裡總會酸酸的。

我照著原路走回教會，教會的後門就在永樂市場那條路[3]。在教會後門斜對

2 教會的神職人員說，他們的人生會這樣，是他們自己的選擇。這跟我預期神職人員會回答的答案不太一樣。

3 那路上約有三、四間的茶室，晚上常會有警車在那，我看過幾次，只是我從來也只是「經過」。

面，一間水果攤旁邊的茶室[4]，有一個女子，身穿白色洋裝，頭髮又黑又亮，坐在店外的機車上，看著人來人往的街道，手裡拿著竹扇，揮走艷陽的熱氣。

我常會在白天時遇見她，但我都是偷偷的看她，因怕她認為我的眼光不懷好意。其實我是好奇，好奇她的人生是如何，會不會選擇這份工作正是她所喜愛，而非如《看海的日子》中的並非本意。若這是她所選擇的人生——與道德對抗。那她也會是個勇敢的女人，一路突破英美女性主義的三個階段，成為一個選擇自己人生的女人。這樣看來，那些看似來消費的男人，不過是她成就自我的工具罷了。當然，這也只是我的想像。

我趕上了教會六點半的禱告會，我看著台上的人翻著象徵真理的聖經，唸著他們所「領受」的啟示；看著台下迫切禱告流淚的人們，跪在台前喊著：「哈雷路亞」（神與我們同在）；看著高聲宣告「淡水要復興！」（所有淡水人的靈魂都要被神拯救）的神職人員，高喊：「阿們！」（同意）的基督徒。他們為著茶室的妓女[5]禱告，也為著淡水街上的遊民禱告，禱告求神不計算他的的罪惡，為著他們的罪悔改，求神赦免他們的罪[6]。

聚會結束，這天（依舊）是令人疲憊的週五，晚上回家後我（一樣）很快就睡著了。（拜這條「彎路」所賜[7]！）

---

4 聽教會的神職人員說，茶室是「買春」的地方。雖然我也可以不用說得這麼直接，但他們的言下之意就是：這是充滿「姦淫罪」的地方。

5 在聖經中記載，那個年代所謂的「妓女」是會被合法的被眾人用石頭砸死的。而在現今社會，這樣的暴力是不被法律允許的，但她們在教會眼中，她仍是充滿了罪與罪孽，褻瀆神所創造的婚姻中「純潔」的性，所以是「需要」透過禱告來破除罪惡、「需要」禱告使之悔改的一群人。只是，如果一個人「選擇」成為妓女，這便關乎她的自由意志的事了。只是神在聖經中表明，祂不干預人的自由意志。

6 我在想，如果馬偕還會活著的話，他會不會認同這樣這麼的禱告呢？他會抱著憐憫的心為人們禱告，還是像這些信徒一樣專注在人的罪上呢？

7 其實我只需要像其他信徒一樣，活在宗教想像的烏托邦，專注在未來的世界「天國」，忽略教會領袖古世紀的價值觀，禱告著連自己的不覺得會發生的禱告。就像這天，我只要直走，就能從真理大學走到教會樣。我大概就不會這麼累了。

走進天元宮

張馨子

我從小就住在淡水，每當到了櫻花季時，家人都會帶我到這裡拍美美的照片，雖然來過這裡很多次了，但都沒有認真地欣賞過這裡，每次都是看完櫻花就離開了，雖然櫻花也是這裡的特色之一，但天元宮也還有許多值得被看見的地方，就讓我們一起探訪天元宮吧。

我和大學朋友們相約一起去參觀天元宮，我們在淡水捷運站搭公車，公車號是八七五，大約二十分鐘就抵達天元宮了，一到那裡，就看到長長的斜坡，那天天氣很好，有太陽也有風，很舒服，我們悠閒的走上去，就會看到一段樓梯，走上樓梯就是天元宮的主宮了，這個樓梯做得非常漂亮，搭配上天元宮的建築，給人一種神聖且隆重的感覺，天元宮的建築總共有五層樓，走進大廳，整個非常肅靜，在裡面我連走路都非常小心，就怕一不小心發出聲響，但也許是氣氛的關係，這裡會使人有一種安定心情的感覺，心裡非常的平靜，這種感覺很神奇。

真的很可惜我們去的時候因為疫情的關係，我們無法到最頂樓去觀賞風景，以前小時候有到達過最上面，外面有一個觀景的地方，從上往下觀看，風景真的很美，看到大自然心情也會放鬆，許多人都會在這裡拍照，這裡是一個很適合打卡的點，希望下次能有機會能到頂層去觀賞。

天元宮周圍像是一個橢圓形的步道，可以完整的欣賞所有風景，一路上，我們邊散步邊戲鬧，和朋友一起出遊真的好快樂，我們還發現這裡有一個可以大家一起坐的搖椅，我們坐在上面越搖越大力，超瘋狂，很擔心支撐搖椅的桿子會斷掉，我們在上面一直大笑，超像是在坐海盜船，玩到後來頭整個超暈，我們休息了一小段時間才繼續逛下去。

途中，有一個地方有一大段的健康步道，我們說好要比賽，大家一起脫鞋子，看誰可以走得比較快，我一踩下去，腳真的痛爆，我要扶著旁邊的椅子才能走下去，每走一步就叫一下，那裡瞬間充滿我們的哀嚎聲，走不到一半我直接放棄，乖乖穿上鞋子，真的太痛了，超佩服有人可以神色自如的走完，大家也可以去挑戰看看。

我們在這裡拍了許多的照片及影片，把這段歡樂時光記錄下來，在這裡我們留下了深刻的回憶，一開始我還以為到天元宮的交通會很麻煩，畢竟是在偏山區的地方，但實際查過後，其實蠻方便的，而且車程也不會很久，一下就到了，真的很推薦大家來這裡遊玩，踏踏青，不管是跟朋友或家人都很適合，雖然有上坡但坡其實不會很陡峭，爺爺奶奶也很可以一起來，假日大家一起出來踏青，也可以維繫感情、放鬆心情，上班或上課的壓力都可以好好的釋放出來，多看看綠色的植物，享受大自然，吸收芬多精，把所有不愉快的事物都拋開，快樂的笑著吧。

如果喜歡享受安靜氛圍的人，建議可以平日來，這樣遊客會比較少，冬天櫻花季的時候也可以到此賞櫻，真的很美，沿途都會是櫻花，粉粉嫩嫩的，我的少女心都爆棚了，天元宮的風景真的很美，建築也很特別很壯觀，大家可以來參訪這裡，感受一下天元宮的特別，進去拜拜、散散步、陪伴家人、拍拍好看的網美照，附近也有許多的在地美食，像是草仔粿，大家也可以去吃吃看，相信來過後，大家一定會喜歡上這裡的。

淡水老街之旅

陳宛詩

我會想要以淡水老街當我的題目，是因為我很喜歡這裡悠閒的氛圍以及漂亮的風景，每次下課看到淡水河的風景，上課所有的壓力以及疲憊都會煙消雲散。當然，說到老街，當然少不了美食，這裡的美食實在是太多了，以至於每次下課我都會帶一份小點心，吃著點心配著風景，真的很幸福。這裡離學校非常近，而且又是舒緩負能量的好地方，所以我想寫淡水老街，來記錄我對淡水老街的熱愛。

從紅毛城下來，沿著淡水河走，忍不住感嘆，淡水河是真的很漂亮，隨著時間推移與太陽照射，不論何時，看到的河岸都是不同的，雖然今天是陰天，但一點也不妨礙優美的風景掃除我一天的壓力，不過我最喜歡的還是，當太陽緩緩落下，與河岸交匯成一條線的時候，那樣子是最美的。太陽西下，象徵著一天的結束，但這時才是老街開始熱鬧的時刻。

淡水老街總有一些不起眼，但又很特別的美食，像是這間鳥蛋，它看起來就跟一般的路邊攤一樣平平無奇，走在路上也不會多看一眼，但它卻是，我目前看過唯一一間鳥蛋有魩仔魚口味的，要不是有部落客的介紹，我可能真的會錯過這一個美食。

烤得剛好的金黃色鳥蛋，淋上醬油，看起來十分誘人。一口咬下，鳥蛋的香氣在嘴巴噴發出來，隨之而來的是，魩仔魚的獨特香味，老闆用料非常的實在，每一口都有滿滿的魩仔魚，口感也很特別，一不留神就吃完了一串，吃完一串之後，還想再吃一串，可惜後面還有更多美食，只好留到下次來了。

這間土耳其冰淇淋的知名度可以說是僅次於阿給了，老街這間冰淇淋真的必吃。這個老闆很熱情，總會笑嘻嘻的和客人玩遊戲，而我也總是被老闆要得團團轉，但最後都能獲得美味的冰淇淋。土耳其冰淇淋的口感跟一般冰淇淋不同，裡面除了有加羊乳或是牛乳之外，還加了一種叫做 salep 的原料，它的特別之處，就在於可以減緩冰淇淋融化速度，還賦予了冰淇淋黏稠的質感與充滿彈性的咀嚼感。這就是讓冰淇淋很Q彈，又不會太快融化的秘密。今天是由圖中的老闆娘幫我裝冰淇淋，雖然少了遊戲，不過也拿到比平常多了一點的冰，這也算是另一種的滿足吧。

最後逛淡水老街一定要來這間，除了我真的酷愛糖葫蘆之外，也因為老闆很熱情，再加上糖葫蘆除了有常見的口味之外，還有一種很特別，叫做老闆亂串，老闆會加其他水果，如果在不知道要吃什麼的時候，可以選它。

雖然老街的美食及美景真的堪稱一絕，但這一趟淡水老街之旅還是有點美中不足的地方，那就是疫情前我很愛的一間糖葫蘆，因為撐不住疫情的影響倒了，同樣是賣糖葫蘆，但它和市面上所有的糖葫蘆都不同，它有兩種口感的糖葫蘆可以選，一個是冰棍，吃起來除了可以吃到水果的甜之外，還可以吃到冰棒的爽口，在夏天的時候，來一支再適合不過了。另一種是普通的常溫糖葫蘆。再挑完糖葫蘆種類後，還可以選擇淋上煉乳、巧克力米、蜂蜜或是黑糖，最後再裹上一層糯米紙。我最喜歡就是加了蜂蜜的番茄蜜餞糖葫蘆，還一定要是冰棒口感的，因為咬下去的口感，除了可以吃到蜂蜜的甜味，還可以吃到番茄和蜜餞的酸甜，糯米紙本來是沒有味道的，但加上了蜂蜜，糯米紙的每一處都有一絲絲的甜，再加上冰棒的爽口，吃起來超滿足、超幸福的。只是可惜因為疫情的原因，不得已被收了起來。

一路上除了吃這些好吃的以外，還買了一大堆炸物，吃完這麼多美食之後，我坐在椅子上，平復我一不小心就吃了一大堆的胃。看著晚上的淡水河，河的對面都被點亮了，每一盞燈都是每戶人家

的幸福。看著淡水河，感覺一天的疲勞都不見了，吹著徐徐的風，真的很舒服。

今天晚上真的過得很充實，不論是美味的食物又或是漂亮的夜景，都讓人感到幸福，有一句話叫做「生活中從不缺少美，而是缺少發現美的眼睛」，風景往往都是隨處可見的，只要靜下來好好觀察生活周遭的變化，總能發現的。最後，我坐上回家的車，調整好心態，繼續迎接明天的挑戰。

紅毛城之旅

黃　芯

國小常常在歷史課本上看到淡水紅毛城，超過三百年歷史，是國家一級古蹟，之前就很想參觀看看。

我和同學出發大概五分鐘就抵達紅毛城。十點的時候有導覽，是西元一六二九年，佔領北臺灣的西班牙人所建。其後荷蘭人趕走西班牙人，拆除城樓重建，當時漢人多稱荷蘭人「紅毛」（髮色的緣故），名稱就這麼延續下來了。

我們看到外面擺著好多國旗，原來是因為鄭成

功、清朝、英國、美國都曾入主紅毛城。接著，走進以亮眼朱紅色外牆為特色的紅毛城主堡，發現牆面很厚。二樓則被改為領事辦公室，辦公桌、書櫃、茶几等。

參觀完之後，準備出發隔壁「前清英國領事官邸」，我覺得看起來外觀很優雅。牆壁用的是中國紅磚；屋頂是閩南式紅瓦，整體建築呈現多樣化的異國風情。裡面有紅磚、拱圈、迴廊和斜屋頂，是典型英國「殖民地樣式建築」。

令我印象深刻的是官邸客廳、僕役呼叫鈴、歷屆領事資料陳展等，仿英國維多利亞時代家具擺設，模擬情境彷彿回到過去，它的展覽物品不但非常具有特色，而且有各種不同國家文化的風格。解說阿姨親切耐心又精彩的解說，讓我聽的意猶未盡。

此外，我也了解到紅毛城建造成方方的原因是因為適合防衛，在加上深厚的地基和磚瓦，像個防衛堡壘。之後，導遊就帶領我們到旁邊的英國領事館做介紹，也經過以前被英國人當成網球場的草地。一到那邊導遊就跟我們說門口的磚瓦都是從廈門運過來的，難怪外面的磚瓦有股中國風的味道。導遊在門前的一個柱子上的圖案講解很久，那柱子上的圖案代表著英國的國花薔薇以及維多利亞女皇的標誌，沒仔細去看還真的看不出來。

環境維護的很好，到了紅毛城彷彿回到了中古世紀，整個很悠閑的感覺，加上今天天氣很好，拍出來的照片也非常的美麗，進來以後讓人整個心情都很舒暢，就像到了歐洲一樣，讓人有點時空錯亂的感覺，植被都照顧的很美。

下一站前往淡水老街吃午餐，吃阿給和魚丸，Q彈的冬粉淋上醬汁，真的很美味！然後在欣賞沿途的海，感覺好放鬆，都忘記壓力了。最後再買阿婆鐵蛋和魚酥給家人當伴手禮。

休息完之後，去最後一站，一滴水紀念館，入口為和平公園，紀念碑的藝術雕塑值得仔細欣賞，高聳的樹木，翠綠的草地，搭配池塘，一進來就心曠神怡。沿著階梯直上平台，紀念館免費參觀，隨即進入濃厚日式風格的庭院，景觀造景，帶些禪意，進入紀念館須換鞋。

建築最大的特色就是六百多根樑柱沒有使用任何一根釘子。原是一九一五年建於日本福井縣大飯町古民家木造建築，由於日本阪神及台灣九二一二個地震所連結的台日人民情誼，從二〇〇四年拆解，二〇〇九年跨海在台重建。命名由來是為紀念原起造者水上覺治之子水上勉先生，一生承襲自日本「滴水」禪師的禪宗思想，崇尚珍惜萬物資源，就算只是微不足道的一滴水，也當物盡其用。另一方面也感念將建築從日本移築到台灣所有辛苦奉獻的志工，縱使小如一滴水的力量，但是匯聚能量卻能完成如此艱難的任務。

裡面有很多的的藝術品可以參觀，發現木工的技術真是了不起。因為疫情不能出國，到那邊看到日式風格漂亮的庭院，好像到了日本。

日本作家村上春樹說：旅行這種事大多是相當累人的。不過有些知識是疲累之後才能親自學到的。有些喜悅是筋疲力盡後才能獲得的。這是我繼續旅行所得到的真理。我很認同。雖然以前在歷史課本上看過這些地方，但百聞不如一見，自己去走過，體驗過，才會發現歷史文化保護的重要性，很充實的一天。

紅毛城整體乾淨，整潔，不管是防疫工作，或是服務人員都很專業，有免費飲水機、也有紀念品販賣部，明信片也還不錯！秋冬天氣逛起來蠻舒服的。經過這次體驗，之後會想再去多逛逛其他古蹟，發現台灣的美。

舊地重遊——滬尾礮台

黃鐙儀

「歷史，是由現在和過去不斷對話交織而成的」這句話，是出自我很喜歡的一個 youtuber 所說，從前發生過的事對於現在的人都已是過去式，人們在回首過往、在追尋史事，是為了紀念這個地方曾經多麼輝煌過。

那天是個好天氣，我們漫步在兩側皆是樹林的道路上，陽光灑下甚是有些悶熱，可和我們有著一樣興致的人不在少數，明明是星期五的早上鄰近中午的時間，和我們一同上山的人也不在少數。我們原先計畫是先去一趟一滴水紀念館的，興許是我們運氣不太好，正好碰上了維修維護的階段，可其實我們也是不大確定的，因為公告上正在維修的地點寫著的是那兒的公園。

「所以一滴水有在維修嗎？」看著那個公告，我們其實還是無法肯定。

確實是有遺憾的，但是還能怎麼辦呢？「我們改個目的地吧」。

那時想到的，是在小的時候學校舉辦的校外教學，都喜歡跑遍台灣古蹟，或著是名勝地及博物館，當時年幼的我們對於遊樂各個地方的記憶，現在來說其實都已模糊，甚至都不太記得發生過什麼事，但是大致是記得的，例如在一個高高的地方，有一大塊的石頭大門，上面刻印著「北門鎖鑰」四個大字。

人長大了就喜歡舊地重遊，喜歡再回頭看看曾經去過的地方是否有什麼改變，抱著這樣的心情我

和朋友們將目的地改成了滬尾礮台這個地方，記憶中這個地方是遼闊的，是有很高很高可以看向遠方景色的一個建築，但是當我再度踏入這裡時，我卻發現他好像並沒有我印象中的那麼大，四周圍繞著的建築將中間的空地形成了一個方形，建築上方是可以上去走踏的草地和泥土路。不用多少討論，我們一致認為既然來了就都需要好好感受才行，因此選擇每個室內都要進去一趟，而以前的人不知道是不是因為發育都不太好的關係，對外的門做得稍矮了一些，我是需要微微彎腰才過得去的，但是再看看我的朋友們，好吧他們夠矮，是可以直接穿越的。

建築內部由石頭堆砌而成，正前方則是投影了一部影片，我們剛進入時影片正好在休息中，我和朋友們便在屋子內繞了起來，甚至還在門口留了照片作紀念，大概意義上就是想紀錄一下我經過那個門需要彎腰這件事吧。影片開始播放，我們便各自找了一個石椅子坐下觀看，影片上的內容是有關滬尾礮台發生過的歷史，以及那個年代經歷的有關戰爭、國家、船隻和指揮官諸此之類的史事，那些都是生活在現在的我無法想像的，戰火紛飛、生死離別，又甚至還要面臨失去家園、失去國土這樣的事情，又或是還在我這樣的年紀時就得上戰場打仗，手上握著的是自己不熟悉又冷冰冰的武器和槍枝，有些人或許活到那麼大都沒殺過生，他們卻要被逼著上前血刃生命，獻出自我、頭身分離。

　　在二樓天臺處，放著和以前一比一比例仿作的大炮台，站在一旁也能感受到它的威嚇，它的震懾力，似乎自己也回到了那時，能夠感受到漫天硝煙和哭天喊地的吶喊聲，砲火猛烈是我們無法想像的，或許當時我站著的地方也戰倒過許多先人。

　　再往上走的草皮處，往下方看過去可以看到整個滬尾礮台，抬頭看是吸引人目光的晴朗藍天，天氣是真的很好，掃去了剛剛有些陰霾的心情。

　　轉換了心情後，我們本來已準備離開，但是抱

著僥倖的心態我們還問了滬尾礮台的工作人員，一滴水紀念館是否有開放，值得高興的事是我們得到了好消息，它是有開放的而且入口就在旁邊而已，我們進去繞了一圈就出來了，因為剛好碰到國小生來校外教學，不過還是滿足了我們一開始遺憾的心情。

回首那日觀賞滬尾礮台的經歷，我們除了謹記歷史，也要繼續向前進，珍惜現在的一切。

踏上深秋的無極，靈魂的歸屬——淡水天元宮

劉庭蓁

「歲月靜好，溫暖如初」，秋天，嬌豔且帶有濃烈熱情的正午陽光灑下，透過八七五號公車玻璃照耀在我們的身上，車子緩緩駛向淡水的無極天元宮，看著映入眼簾的幽靜樹林，在帶著絲絲復古味且破舊的公車站前停了下來；踏著灑落的秋風，步伐中，藏不住年輕女孩的青春氣息，輕盈優雅，不失禮貌，我抬頭看，不遠處的斜坡上，正是我們五位女孩要前往的目的地——無極天元宮。

沿路，枯枝上殘存的葉片枯黃，搖搖欲墜的紋理清晰可見，是那種欲言又止的味道，像在與我們招手，也似在對我們道別。淡水的金風吹動著，似玩膩了死死抓著樹枝的葉，所以轉向了我們，女孩烏黑亮麗的髮絲，被頑皮的吹起，散發著淡淡

的茉莉花香，風，再輕輕拂過臉頰，經過那白裡透紅的肌膚，如秋天剛成熟的紅柿。

當我們準備登上無極天元真壇前，輕輕轉身，背向天壇，你會發現，剛剛刻著「天山聖域」的石碑，一下就落在了山腳下，如天元宮的守衛般，直挺挺的站在門口，氣勢如虹；據說，那刻著「天山聖域」的古石，正面是寫著「先天四瓣梅」，下方則刻「無極天元宮」，側邊刻「以道為宗天下平、以德為光普化靈、以天為體合人耕、以尊為師替天行」，天山石上所刻的密碼、圖像、文字都蘊藏神秘的力量與聖意。

我們在山坡頂，遠望，清新空氣中，淡水躲藏的美好，盡收眼底，晃動的零星攤販在山腳下若隱若現，給人無限的遐想。天壇的台階是用石頭鋪成的，踩下去有著莊嚴的儀式感，就如不知道是什麼瞬間湧上的情緒，突然就被穩定下來，像父親厚實卻略帶粗糙的手掌，伴著營火，有節奏般的安撫著我的內心。

踏上天元真壇的中央，仰望天壇，淡粉色和秋香綠的磁磚，從中心一路向外延伸，展開成大方得體的圓，周圍是白色石雕的圓環狀圍欄，將整座天壇包圍起來，用手輕撫過憑欄，還能呼吸到清晨落下的雨，在這裡逗留過的痕跡；同行的友人告訴我，當你站在天壇前中央，只要用力拍手，周圍就會響起陣陣回聲，我好奇的跟著做，響起的瞬間，彷若抖下了身上細紋躲藏的煩憂，和天壇構成了對話空間，在心中悄悄產生了靈魂的共鳴，那種萬化冥合，心凝形釋。

帶著莊嚴隆重的腳步，我們跨入門檻，抬頭望著鑲著金飾的柱子，格局雄偉，天壇內部的金雕、石雕無一不精雕細琢，廟方人員也告訴我們，各殿神尊都是用漢白玉石、紅豆杉，樟木等上材雕刻而成，湊近一瞧，能發現神像的細緻，與人物的栩栩如生；由於疫情的緣故，我們並沒有如願登上天壇的頂樓，只能在第一層近距離觀賞廟宇的優美，但這份經驗，如同在觀賞一幅舉行藝術品，承載著信仰與美學的意義，透進我的靈魂深處，緩緩降落在安全的地帶安放著。

參觀完最主要的地點，回程路上，經過了方才讓我有些在意的炒花生攤販，目測大約六十歲左右的阿姨正在翻炒著熱騰騰的花生，懷舊的看板上大大寫著「古早味台灣堅果——炒花生」，我上前買了一包，原本其實並不抱太大期望的品嚐，總覺得較台北偏遠的小地方，怎麼可能有什麼了不起的美食，所以只是當作小點心應付應付著我的胃，結果，阿姨的炒花生出乎意料的香甜，濃郁的奶香四溢，是那種炸裂式的溫暖，迅速得散落在口腔中，這大概也是今天最出乎意料的小驚喜。

生長在都市的人們都需要一個安放靈魂的地方，是那種感到踏實與存在的空間，當空間與時間和心靈組合成可以溝通的場域，那便是最能安穩你情緒的所在，也許是逃避兩分半鐘才會來的大眾交通工具，或許是逃離一成不變的工作內容，我們都在這孤獨卻又無法停止生活中，找尋一個能讓我們駐足的位置，我的靈魂就停留在——淡水無極天元宮。

雨幕淡水

謝易君

從決定好行程後我一直在等一個適合的時機出發，沒有明確的條件單純需要一種肯定感，天氣、衣著、濕氣、時間。

絲絲細雨落在睫毛上擋住了眼前的的視線。

沒有很浪漫，蠻讓人不適的。

從紅磚人行道向下，經過紅毛城和幾家下午茶店跟一間義式餐廳。

繞過觀光的人潮後我撐起傘。

沿著河堤我們走進雨中。

雨的大小介於撐不撐傘都無所謂，可惜我真的很討厭雨天，不過這並不代表我對於晴天有喜愛，所以今天天氣我認為正好，就算是河上吹來的風也不會讓身上有一股溼黏感。

滿足我惱人的需求。

第四次沿著河堤，很幸運也很有趣天氣次次都不甚相仿感覺也不太一致。

垂釣的人握住一把泥狀物拋進河中，我不是很懂垂釣我只是在想，這裡的魚真的可以吃嗎？還是會釣起來再放生？我這個想法可能永遠都不會懂釣魚的快樂，但釣客依舊快樂，天氣也不能打擾他的興致，關於天氣這點我倒覺得我們算是同好。

或者，也有可能是今天的水位比平常高的關係。

沿途許多景觀餐廳，風格截然不同貼心提供了遊客選擇權，但我只是個路人沒有這種雅緻，更何況他們對我的錢包來說十分不貼心。

再次經過一家會在門外三個畫架上放上三幅畫的店，雨順著屋簷我想大概會滴在畫板上或是過路的人的傘上，落在哪我不是很清楚我只是看著在淡水河中的鐵軌。

今天的水真的比平常還要高。

打在消波堤濺起的水花落在地面分不清是雨滴還是浪花。

在岔路結束了沿著河堤的行程。

紅青兩色拼磚地鋪滿了前往滬尾街醫館的路，兩側立了白色石板裡面放著關於建築的簡介。

雨點打在傘面，我看著淡水禮拜堂紅磚牆連接的玻璃彩繪，在雨幕中安靜虔城，內心的焦慮突然消失了。

滬尾偕醫館裡放著馬偕行醫時的用具，一些當時探訪原住民部落時拍的照片，還有馬偕從外地帶來的種子。

裡面有一個東西我很感興趣，望遠鏡。

透明的展示櫃裡，它沒有擺在很顯眼的角落，金屬外表斑駁，掩蓋在下依稀還看得出是很復古的金色。

我非常的好奇到了今天望遠鏡還有原先的功能嗎？而馬偕當時拿著這個望遠鏡

看見的景色又是什麼樣子。

裡頭擺放兩架鋼琴，分別是上音樂課跟唱聖歌祈福時使用，相同的是兩架鋼琴每個琴鍵都像舊照片微微泛黃邊緣則透著一股灰黑色，像是有人在沾滿灰塵的琴鍵上彈鋼琴只有手指經常出沒的地方還保留著原先的樣子。

工作人員跟在我們身旁做導覽，人非常的有趣至於是什麼樣子，歡迎大家親自去參觀。

滬尾偕醫館出門左轉是一條最多能容納三人並肩過的巷子。

巷中沒有太多光源，身旁店家櫥窗中透出暖橘色的燈暈染上巷子另一側的磚牆，綠植從店家二樓石圍欄垂下，二樓外牆切分成一格一格色彩鮮豔的牆面彩繪和彩窗，一樓室內樓梯扶手上纏繞著裝飾，牆上的壁紙類似於西方石板畫，巨大震撼。

停留在巷子裡就看見有一群人聚集在馬偕頭像邊，我們遇上了教學團，我跟同伴繞頭像後方迴避他們，就見他們的老師讓他們聚集在頭像前拿起相機，鏡頭剛好正對著在後方的我們。

我們到底是走好還是不走好。

閃躲兜圈到教學團離開後站到馬偕頭像前我心已經累了。

唯一讓我眼前一亮的就是頭像下半身像是蠟燭融化落下的燭淚。

淡水的旅程我們選擇了幾個地方但令我回味的就是從河堤一路到捷運站的這段旅程，順帶一提正逢聖誕節，我們特意去老街挑選聖誕禮物，腦中回憶著贈送對象平常的為人、聊天對話意圖找到他們的愛好，心中期待他們收下禮物時的想法，沿途的風景跟往日一樣但今日在雨下的加持也有幾分可愛。

淡水夕陽河畔

簡廷育

夕陽，不同於清晨的太陽，它擁有獨特的光芒；夕陽，不同於當午的烈日，它捨棄強烈耀眼的光芒。當我們在黃昏時，平視遠方，就能看到夕陽。這時，我們可以用肉眼去正視它，一望無際的晚霞變得美麗，因為有了它，心靈變得無法摸測。

夕陽緩緩地沉了下去，它似乎怕勾起我們無限的離愁，於是選擇了安靜地離去。但這只是短暫的分別，明早它就會回來了，將以另一種方式回到淡水。

到淡水可以依每個人的喜好，設定旅遊的目的，美食、古蹟、山坡眺遠、河港景觀……，都能讓淡水之旅滿載而歸。但是，最難、可遇不可求，卻是最精彩的，卻是淡水的夕陽，私心認為，淡水的夕照，絕對是世界級的美景。

剛進大學時，一切事物都很新鮮，放學看到夕陽時，都會拿起手機拍下來，淡水落日落下的瞬間美麗變化無常，往往最美的風景剎那之美就像停格於影片中的幾秒時間，因此許多人早就找好角度卡位等待那停格時間最美的時間，但看了四年依舊美麗。

濃濃的歷史味，填滿整個淡水的風景，已有三百多年歷史的淡水紅毛城，記錄了北台灣的殖民歷史，現為台灣國定古蹟，也是台灣最古老的建築之一。由紅磚瓦打造的城堡式主堡，以及洋樓式的領事官邸極具特色，可在此留下最具風格的淡水寫真。而紅毛城外飄揚的九面國旗，象徵紅毛城三百多個年頭以來，曾被九個國家統治的歷史，成為這裡的一大特色取景點。此外，昔日淡水八景中「戍台夕照」所說的「戍台」，指的就是紅毛城所位在的埔頂，下午時前往，還可從紅毛城西望觀音山夕陽，欣賞落日餘暉之美。

水平面淡水河邊看夕陽外，由埔頂高處看夕照也是一種新的體會，尤其埔頂多舊的歷史建物，當夕陽光反照在上面更有歷史感的氛圍，例如小白宮大門口前紅磚排列在橙色的夕陽光下就很像設計感十足的藝術品。

坐著公車看著橘紅的落日被海口嚥入時因著前方所陪襯的風景不一樣，就有不同的美景出現。因此可以延著竹圍到沙崙海灘都可以拍到美到不行的夕陽景緻！

若是面對河口又有些距離之美的地方，前方沒有太多的自然或人工剪影層次的拍落日地點；當然首推就是海關碼頭！

晚霞光因海關碼頭堤岸遮掩把光線明暗三分風景落日水平線美景常有不同光影之美，感覺很舒服。放著沙發音樂。融入這海景，漁船。令人放鬆，下次來這裡喝下午茶如何？

傍晚我到了淡水的漁人碼頭，人潮開始湧入情人橋，隨著夕陽西下，人們開始逗留在橋上看日落入大海。

雖然來走情人橋的大多都不是情人，但每個人看到漁人碼頭的風景都洋溢笑容。

原來對沒有伴侶的人來說，今天最美的情人。搭上捷運暫時遠離台北塵囂，看看絢麗的夕陽，美麗浪漫的淡水填滿著我的心。

等待著日落夕陽同時，月亮已悄悄的現身打招呼了。即時沒有日光照射，鏡頭之下，還是非常耀眼。碼頭和海岸線為行程畫下完美的句點。

淡水不只擁有唯美夕陽而已，夜景更是夢幻浪漫，令人不捨離去。無論是選在午後時光，還是想聆聽海風聲音，這裡也是多數人喜愛來這休憩景點之一，也是我的最愛。

淡水旅行札記

羅苡萱

二〇二一年十二月三號，天氣晴朗，陽光正好，準備開啟一趟令人愉悅的半日遊。

早晨起床，換上了前一晚挑好的黑色碎花長裙搭配奶茶色針織外套，穿上了新購入的馬丁鞋，最後拆掉前一晚預先綁好的辮子，讓原本一頭直髮的我，瞬間有了一頭美麗捲髮，照照鏡子，完美，準備出發！

走出宿舍，和友人會合後，感受到了溫暖的陽光和陣陣涼風，全都像是在告訴我，今天就是個適合出去玩的好日子啊！我和友人一邊走到公車站準備搭車一邊有一搭沒一搭的聊著天，剛好說到，雖然我們每天都見面也每天都待在一起，但好像沒有像今天一樣，有機會單獨約出來玩。可能就是因為這樣，所以上天給了我們一個這麼完美的天氣出遊。下車後，我們根據路標指示走上了一個小坡，陽光透過樹與樹之間灑在我們身上，走在安靜的小坡上，讓人不禁想起，有多久沒有像這樣放鬆地出來玩了？因為疫情，拉開了人與人的距離、因為疫情，讓很多事都停擺了。如今我們外出還須戴著口罩，但也還是遮不住我們開心的心情和笑容。

走著走著，我們來到第一個地點——和平公園。結果，讓人意外的是，和平公園居然在整修，當下才知情的我們大笑了起來，還順便和整修的告示牌拍了張照。

於是，我們現場臨時決定前往旁邊的滬尾礮台。反正來都來了，這麼好的天氣，就這樣回去實在是太可惜了。而且在淡水唸書即將邁入第三年，連一次都沒去過滬尾礮台，也太說不過去了。一進到滬尾礮台可以看到一座城門，城門上有著「北門鎖鑰」四個字，聽說那是劉銘傳當年親自題的字。秉持著觀光客心態，我們也在城門下拍了張照。

拍完照後，我們進到了裡面參觀，讓我覺得蠻酷的是，他們是一間一間的房間可以讓人走進去看，分別是針對滬尾礮台和大礮的介紹，除此之外，還有互動小遊戲可以玩。本來我們站在外面是不敢進去的，因為從外面看起來，那些房間全都暗暗的，沒想到進去後反而是那麼一副別有洞天的樣子。

當天其實還有國小的小朋友們來校外教學，但小朋友們對歷史古蹟的興趣好像都沒那麼高，反而我們三個大朋友在一旁玩的很開心，甚至都不想離開了。雖然今天的半日遊開頭沒那麼的順利，但是我們卻意外的收穫了不一樣的快樂，所以我想，這大概也算是旅行中另類的小確幸吧！

結束參觀滬尾礮台的行程後，我們抱持著問問的心態，去問了售票亭的阿姨，一滴水紀念館有沒有開，因為我們在剛進來時看到和平公園在施工，所以也就以為一滴水紀念館應該也是正在施工中吧。沒想到阿姨指了指不遠處的小路，說從那條路進去就可以到一滴水紀念館了！到現在我都很慶幸還好我們在離開前去問了阿姨。於是，我們踩著快樂的步伐前往一滴水紀念館。

我們來到一個小門前，從小門進去再往前走就是一滴水紀念館的正門。是一棟日式風格滿滿的建築，我們從門口換了拖鞋進去，一進到裡面就看到了當初一滴水紀念館建造的過程及為何取名為一滴水的緣由。

從一滴水紀念館出來後，我不禁感嘆，原來在淡水還有這麼一個能讓人了解歷史，同時還能讓人放鬆的地方，今天參觀了這兩個地方，都讓我收穫了很多，跟看看網路資訊是完全不同的感覺，必須真的自己去走過去了解過才能真正的得到一些東西。最後，我們來到永樂市場吃飯，用這頓飯來為今天的半日遊做一個完美的結尾。今天除了收穫到對自己有利的知識外，也增添了一個跟朋友的回憶。

跋——編者的話

劉沛慈

回首學期初的混亂，因疫情的侵擾，不得不歷練那線上與實體課程同步教學的挑戰，……總算一切回歸正常，能順利進到教室和同學們聚首、互動。在我都說明並交代完本學期「旅遊文學」課程的進度安排、授課方式和作業評比等內容後，天曉得！主任竟臨時告知有一筆經費可以提供給學生創作出版的機會，希望我能融入課程當中去執行，還記得當下的我有些不知所措更不曉得如何是好。內心有個小小的聲音一直抗拒著：「遊戲規則我都說好了，要變動等同是踩自己的腳，該怎麼辦才是？」我一面思考著要回絕主任的吩咐，另一方面又覺得這是學生表現自己的大好機會……，權衡之下只好硬著頭皮接了。

按照往例，這門課總是要求同學們要能夠找時間去玩耍，然後產出個人的旅遊文學作品，於是我將旅行的時限、區域，從不限制改為請同學們在「淡水」地區進行作業完成的場域範圍，又因為出版事宜的時程壓力，必得由期末繳交全文提前到第十二週完成，僅此努力將課堂的變動幅度調整到最低。非常慶幸同學們都很配合，未曾給我反對的聲浪，反之，對「出版」這回事更是躍躍欲試了，真是一群令我感到欣慰的乖孩子，當然也共同期待著成果問世的那一刻。

本學期一共有六十三位同學修習該課程，除了部分同學選擇以閱讀報告取代旅遊的創作外，其餘的作品都是候選之列，有些人也附上精美的旅遊相片在其旅行書寫的內容當中，十分地用心。雖然因版面的限制只能擇優錄取，最終被評選出來的作品僅二十篇之多，然而相信仍有部分遺珠是值得將成果投稿到其他文學獎上面去競爭的，所以，也希望沒有被選入的同學們不要洩氣。

在繳交個人的作業之餘，我們也分小組上台分享自己的旅遊心得或介紹閱讀的文本作品，相信透過同儕學習，彼此之間獲得不少經驗交流的契機。而獲選出版的同學們，所到之處面向十分多元，舉凡：紅毛城、天元宮、八里、輕軌、關渡、老街、多田榮吉故居……等，在在都有學生們的足跡，也各自展現了他們這趟旅程的形態風貌在其中，不僅增色這本書的出版價值，也著實豐富了我的教學成果。

感謝主任交付這項任務給我，能再次突破這般的難關，心裡也有著不小的成就感；也要謝謝同學們願意在學期間外出旅遊、努力創作，才有最後出版品的精彩履頁；感謝蔡惠名老師在百忙中蒞校專題演講，提昇同學們的創作視角和自信心；謝謝萬卷樓圖書公司的晏瑞老師和蘇輗小姐，在出版事務上的用心。

身為老師，僅僅是一位引導者的角色，誠然每一趟旅行只有親自踩踏過的人，得以為土地和心靈留下屬於你／妳個人的生命印記，期許未來大家都能持續精進下一趟的旅程，紀錄回憶、敘寫人生。

文化生活叢書·詩文叢集 1301065

旅形——馬偕與淡水古蹟導覽文集

總 策 劃　錢鴻鈞
主　　編　劉沛慈
責任編輯　蘇　輗

發 行 人　林慶彰
總 經 理　梁錦興
總 編 輯　張晏瑞
編 輯 所　萬卷樓圖書(股)公司
臺北市羅斯福路二段 41 號 6 樓之 3
電話 (02)23216565
傳真 (02)23218698

發　　行
萬卷樓圖書(股)公司
臺北市羅斯福路二段 41 號 6 樓之 3
電話 (02)23216565
傳真 (02)23218698
電郵 SERVICE@WANJUAN.COM.TW

香港經銷
香港聯合書刊物流有限公司
電話 (852)21502100
傳真 (852)23560735

ISBN 978-986-478-608-4
2022 年 2 月初版
定價：新臺幣 280 元

如何購買本書：
1. 劃撥購書，請透過以下帳號
帳號：15624015
戶名：萬卷樓圖書股份有限公司
2. 轉帳購書，請透過以下帳戶
合作金庫銀行　古亭分行
戶名：萬卷樓圖書股份有限公司
帳號：0877717092596
3. 網路購書，請透過萬卷樓網站
網址　WWW.WANJUAN.COM.TW
大量購書，請直接聯繫，將有專人為您服務。(02)23216565 分機 610

如有缺頁、破損或裝訂錯誤，請寄回更換

國家圖書館出版品預行編目資料

旅形 ： 馬偕與淡水古蹟導覽文集 /錢鴻鈞總策畫 ; 劉沛慈主編. -- 初版. -- 臺北市 ： 萬卷樓圖書股份有限公司, 2022.02

面 ;　公分. -- (文化生活叢書. 詩文叢集 ; 1301065)

ISBN 978-986-478-608-4(平裝)

863.55　　111001306